高若栋 著

Pyrotechnics

烟火集

四川文艺出版社

图书在版编目（CIP）数据

烟火集 / 高若栋著 . -- 成都：四川文艺出版社 ,2020.11
ISBN 978-7-5411-5806-3（2021.10 重印）

Ⅰ . ①烟… Ⅱ . ①高… Ⅲ . ①诗词 – 作品集 – 中国 –
当代 Ⅳ . ① I227

中国版本图书馆 CIP 数据核字 (2020) 第 184594 号

YAN HUO JI

烟火集

高若栋 著

出 品 人	张庆宁
责任编辑	朱 兰 蔡 曦
封面设计	严春艳
版式设计	史小燕
责任校对	段 敏

出版发行　四川文艺出版社（成都市槐树街 2 号）
网　　址　www.scwys.com
电　　话　028-86259287（发行部）　028-86259303（编辑部）
传　　真　028-86259306

邮购地址　成都市槐树街 2 号四川文艺出版社邮购部　610031
印　　刷　三河市嵩川印务有限公司
成品尺寸　145mm×210mm　　　开 本　32 开
印　　张　7　　　　　　　　　　字 数　140 千
版　　次　2020 年 11 月第一版　印 次　2021 年 10 月第二次印刷
书　　号　ISBN 978-7-5411-5806-3
定　　价　38.00 元

少年闲愁都几许

尚仲敏

年仅17岁的高若栋，写下了这本诗集。在一个秋冬的夜晚，我读完了这本诗集里的每一首诗。它们使我的内心一下子变得澄明、宁静和沉寂。一个尚在完成高中学业的翩翩少年，语言功底何以如此深厚？对世事的历练和洞察何以如此睿智？他刚开始写诗，就似乎找到了诗歌的密钥，并使其散发出令人吃惊的魔法。在语言的千回百转中，人间烟火、风花雪月、几多闲愁，在他的笔端，像涓涓溪流，汇入了岁月的大河。

我决定会一会他。

坐在我对面的高若栋，瘦削、修长、目光坚毅，略显稚嫩。短暂的交谈中，他多以沉默和微笑回答我的提问。他太年轻了，但内心却涌动着一个浩瀚的世界。他在《诗人》中写道：

除了风景，也书写世态的炎凉，江湖烟云

留下多少生活的词句

多么有幸，多么凄切。

谁明白他的感情，源自何处，又因何而起？

山海后，依然万里，梦醒时，还在梦里

为何写诗，诗歌何为？高若栋用《诗人》这首诗做出了回答。说穿了，诗歌始终绕不开人生这个古老的话题。而人生又是什么？"山海后，依然万里，梦醒时，还在梦里"。人生美妙而又虚无，时而如山海般万里开阔，时而又迷茫得仿佛一场梦。

前面说过，我是在一个秋冬的夜晚读完这本诗集的，说到秋冬，高若栋在《秋冬》里写道：

江波会被思念禁锢，身上会添些厚实的衫袖

明白，青山原不老，只是为雪白头

诗歌一定会表达或传达出一种情绪，也就是说，古往今来，所有的诗都是抒情诗。关键是抒情而不滥情。一个优秀诗人总能恰到好处地控制自己的情绪。"明白，青山原不老，只是为雪白头"，高若栋的一句简单的"明白"，在情绪饱满时精准而又果断地踩下刹车，使诗意得以缓缓流淌而又不致于泛滥成灾。要做到这一点显然需要娴熟的技艺，高若栋做到了。

高若栋，沉迷于宋词。宋词和唐诗相比，多了几份婉约和闲愁，强盛的大宋，为何产生的诗人却写遍了人生的悲凉和凄厉？我问高若栋，他的诗《疏》也许就是最后的回答：

黑与白间，描绘梦里江湖。

闲掷散碎银两，佩剑押作赌注。

遥指星辰大海，清风掩朱户，远眺千山云雪，提笔皆入画图。

歌楼燕婉，浓重翰林门府，一坛桂花陈酿，醉卧宽袍枕书。

孤独是远方的诗歌，万盏灯火腾起，人间清冷沉浮。

2020 年 10 月 19 日于成都

注：尚仲敏，诗人、"非非诗派"创始人之一。

3

提
笔

试问闲愁都几许？

极为喜爱贺铸的一首《青玉案》，在宋词茫茫中能读出一份别样的意韵，一种难以言说的闲愁。我将生活过得较为闲散，也易从中生愁，愁从何处？怅然生于诸事难如意，自负些许，初心未已，唯有秉笔，将些薄词题。

平日无甚嗜好，生活空余较多，便捧卷读史，闲安观诗。记得左文襄公曾有一联彰其读书之感悟："身无半亩，心忧天下。读破万卷，神交古人。"我远无法企及先贤的宏略，却也常常与书中问答，脑海中总是浮想千年之前，只好将思绪付之于桌案墨章。

可能是喜爱柳永、秦观的词作的缘故，加之自身境遇的感触，使我的字里行间偏于悲怀，诗章也偏于婉约风格。如晏几道、周邦彦、蒋捷等名家的词一样，每一位抒发愁肠的婉约词客心中少不了对往昔的追忆与不舍，对世道浮沉的叹息，对前路希冀的迷茫。

每一缕清高都终将融入词藻，每一份悲怆皆会随音韵于情感中飘摇。即使真如太白诗云"抽刀断水水更流，举杯消愁愁更愁"，那也要泼墨纵情，写下年华浓愁，感慨更迭不休，似秦少游词句"最好金龟换酒，相与醉沧州"。

在学业中我不是一个优秀的学生，大概天资平庸，也许不太努力。在生活中厌恶纷扰追求宁静，把情感压入心底，心绪不太愿与他人言说，总是独自提笔。

其实自己能感觉出笔下少有欢愉乐趣，多是哀愁之语。写作时常有"锦官"一词的出现，这是指我的家乡"锦官城"，诗词中总是浓浓思归。因如今我于异地就学，且现实并不尽人意，无奈之下杂糅诸多情感，尽染墨色。

闲时也常倚窗伫望，我也渴望看到方回笔下的"一川烟草，满城风絮，梅子黄时雨"。

高若栋

书于成都 2019 年 2 月 4 日

6

目录 Contents

秋冬 1

偶然 2

诗人 3

寂寞 4

秉烛 5

搁笔 6

夜 7

画 8

酿 9

疏 10

漫 11

冬至 12

圣诞 13

终章 15

迎 16

缄 17

戏 18

尘 19

距离 20

拟 21

亲爱（赠外婆） 22

承 23

归旅 24

遣怀 25

望檐外 26

续梦 27

偶书 28

临赠恩师 29

谢安石 30

锦官有怀 31

忆旧友 32

朝寒有感 33

夜吟 34

暮思 35

观史 36

记应天故宫 37

醉花阴·沉 38

清平乐·寐 39

小重山·追忆 40

踏莎行·遣怀 41

临江仙·岁末 42

浣溪沙·思归 43

青玉案·陈词 44

鬓云松令·梦阑 45

念奴娇·长安 46

永遇乐·鸿雁 47

贺新郎·辗梦 …… 48

望海潮·横笛 …… 49

一剪梅·晓梦 …… 50

临江仙·小雪 …… 51

唐多令·忆昔 …… 52

柳梢青·故 …… 53

踏莎行·闲愉 …… 54

满庭芳·观雨 …… 55

南柯子·月夜 …… 56

蝶恋花·寒辞 …… 57

六州歌头·怀古 …… 58

八声甘州·柳郎 …… 59

沁园春·秋 …… 60

行香子·闲题 …… 61

木兰花慢·追忆 …… 62

念奴娇·八月廿六 …… 63

永遇乐·八月廿三 …… 64

贺新郎·释卷感怀 …… 65

千秋岁引·中秋 …… 66

八声甘州·与曹卿饯别 …… 67

江宁曲·庆湖 …… 68

锦官引·遣怀 …… 69

木兰花慢·建邺 …… 70

蝶恋花·遣怀 …… 71

临江仙·记淮阴侯 72
玉蝴蝶·追忆 73
水调歌头·琼华 74
定风波·晚春 75
临江仙·醉书 76
望海潮·锦官 77
木兰花·觞怀 78
少年游·忆昔 79
小重山·偶书 80
暮春辞 81
清平乐·深梦 82
闲辞·怀刘伶 83

满庭芳·夜思 84
锦官辞 85
一剪梅·感怀 86
临江仙·辞岁 87
浪淘沙·梦怀 88
苏幕遮·画 89
鹧鸪天·别辞 90
念奴娇·贺己寿辰 91
天仙子·思归 92
青玉案·赋少游 93
八声甘州·江城 94
御街行·忆昔 95

素明扇 … 96
郁别 … 97
元夕 … 99
停 … 100
外人 … 101
浪淘沙令·清明 … 102
夜半 … 103
八声甘州·闲居 … 104
乌夜啼·锦城夜 … 105
鹧鸪天·苏烈 … 106
蔽 … 107
止 … 108

玉楼春·陈墨 … 109
星期八 … 110
临江仙·隐 … 111
麻木 … 112
小重山·寒更 … 113
混迹 … 114
踏莎行·遣怀 … 115
黄昏 … 116
惊觉 … 117
还好吧 … 118
阮郎归·锦城夜 … 119
若 … 120

嘘 … 121
踏莎行·忆昔 … 122
干枯 … 123
若 … 124
清平乐·庚子四月 … 125
守候 … 126
暗示 … 127
行香子·小集 … 128
远 … 129
菩萨蛮·自遣 … 130
刚刚好 … 131
清平乐·闲吟 … 132

红利 … 133
二十五点半 … 134
另类 … 135
择 … 136
写残章序 … 137
南柯子·廿五 … 138
七点半 … 139
满庭芳·庚子三月 … 140
明说 … 141
十点一刻 … 142
点绛唇·寄怀 … 143
觅 … 144

周记 145

采桑子·凭栏 146

十六度 147

青玉案·愠词 148

抛开 149

四楼 150

旁观 151

玉楼春·遣怀 152

逸巡 153

小说 154

渔家傲·酉时 155

混杂 156

定风波·庚子 157

绒 158

六月 159

忆江南·喙 160

破阵子·怀古 161

谈及 162

遥赠曹卿 163

临江仙·忖 164

待 165

少年游·廿二 166

无 167

浣溪沙·欲眠 168

耽搁 169
清平乐·初晨 170
感冒 171
鹧鸪天·遣辞 172
故事 173
太常引·赠家君 174
择 175
诉衷情令·暮 176
南歌子·端午 177
婪 178
菩萨蛮·临书 179
悑 180

唯 181
临江仙·无题 182
七点 183
掩 184
行香子·小笺 185
鹧鸪天·薄暮 186
祝好 187
蝶恋花·辰时 188
相识 189
虞美人·听雨 190
观 191
察觉 192

浪淘沙令·承前序 193

十五日晚 194

清平乐·生辰 195

小重山·遣怀 196

扰 197

望 198

十九日 199

点绛唇·无题 200

适 201

尽 202

得之 203

致 204

9

秋冬

流星明白人间的诉求，于是天空便也不再挽留。

夜晚霎时划过，划过云烟，划过花火，落入深情的眼眸。

喜欢春夏的暖，却也流连这个秋，

这是诗人笔下最美的时候，却也忧愁。

多少人等待着，等待着银装素裹的冬天，

寒冷让这个季节美不胜收。

江波会被思念禁锢，身上会添些厚实的衫袖。

明白，青山原不老，只是为雪白头。

—— 2019.10.10

偶然

笔下所留的墨痕，绘不出昨夜的星辰。

我看着纸张，看着窗外，看着虚惘的灯。

明白了过往，明白了前路，明白失去的故人。

倘若喝一杯白水，口中其他的滋味，都是人生。

把辞别的留言全当作初见的信文，在梦里，让人间失衡。

—— 2019.10.15

诗人

当人间惆怅，诗人便欣然提笔，试着描绘每一份孤寂。

不知刻画了谁的内心，或者陌生的情绪。

当读者翻阅时，总能从中看到自己的身影。

写着春风十里的欢愉，夏夜朗月的静谧，在秋叶零落里伫

  立，

年华等待下一个冬季。

除了风景，也书写世态的炎凉，江湖烟云。

留下多少生活的词句。

多么有幸，多么凄厉。

谁明白他的感情，源自何处，又因何而起？

山海后，依然万里，梦醒时，还在梦里。

—— 2019.11.2

寂寞

一抹晖光，将希望寄托于千里之外，

然后在孤独中失去色彩。

落魄的旅人，回首往昔已不在，便将异乡当作归途；

在萧瑟中登场，落幕，离开。

酒精的麻醉与缸中的烟灰，将记忆深埋。

寂寞是熄灭的烛台，迎着冷风，期待着火花的归来。

我对着街边的倒影，竟看着亲切，于是深情地告白。

杯里有多少愁哀，饮一口过期的无奈。

—— 2019.11.4

秉烛

看似缥缈的弦音，早已尘埃落定。

一场黑白电影，没有声音，却看出深情。

夏夜纷飞的雪花，落日在海底穿行，荒无人烟的江南，

沙漠碧树成荫。

熄灭的北极星，触手可及的云，我还向往光明。

—— 2019.11.8

搁笔

流星不甘于平庸，即使坠落，也要划破苍穹。

萤火寥寥无几，聚在黑暗里，照耀一片恢宏。

远眺海阔山遥，人海叠影重重，年华未老，江山还在眼中。

时光在凝眸间目送，千里从容。

你要重振旗鼓，期许与梦相逢。

—— 2019.11.13

夜

稀星云淡，淡逝了回忆，回忆已辗转。

伫望时的远方，遥不可及的身影，所有的失落，已无力偿还。

心绪愈加静谧，静谧却被寂寞渲染。

虚伪的情感，隐没在深沉的夜晚，光明突兀地点缀着黑暗，

梦里枕着孤单。

—— 2019.11.17

画

彷徨的张望，抬头星光，眼前长街。

凌乱不堪的思绪，停留昨日，今晚，和下个季节。

总在漫无声中，把寂寞片片拼接。

孤独的云思念遥远的月，霜雪伴随繁华凋谢。

曾与清晖诀别，望着黄昏，提笔画出黑夜。

—— 2019.11.22

酿

夜月将云雾留给朝阳，沙鸥飞过，海岸映着星光。

徘徊的边缘，推开静谧的窗，残留淡漠的理想。

酿一盏残梦，梦一场流浪。

故事总是悠远，理由牵强，终点荒唐。

分别千里之后，才回首归途的漫长。

—— 2019.11.26

疏

黑与白间，描绘梦里江湖。

闲掷散碎银两，佩剑押作赌注。

遥指星辰大海，清风掩朱户，远眺千山云雪，提笔皆入画图。

歌楼燕婉，浓重翰林门府，一坛桂花陈酿，醉卧宽袍枕书。

孤独是远方的诗歌，万盏灯火腾起，人间清冷沉浮。

—— 2019.12.7

漫

古时的墨客，用一张纸笺，写下悲欢。

信鸽载着深情，飞越云霞薄暮，历经万水千山的艰难。

送到谁的身旁，或许寒冬已成了仲夏，

但读起那封文字，心底依然是温暖。

今天的离人，把琉璃的酒樽倒满。

醉的眸光涣散，讲出辛酸。

能逢场作戏的言谈，还会在喧闹的深夜，

故意对你，说上一句晚安。

或许时光，会把繁华留给双眼，

让内心习惯孤单。

—— 2019.12.16

冬至

枕着摇曳的灯火，望向远方，将夕阳目送。

繁星与夜空，坠入冰冷的眼瞳。

春雨淋湿的画笔，绘一抹盛夏的梦，秋叶凝在眸中。

昨夜花开花落，候鸟归去，故人离散匆匆。

寒冬已至，再与霜雪相逢。

—— 2019.12.22

圣诞

究竟如何盛况，《圣经》也不曾细致描写。

试着想象梦里，曾相逢过的世界。

罗马城头的晖光，划过伯尔尼的天际，

照耀巴黎的铁塔和布鲁塞尔的宫阙。

马德里的灯火，点亮直布罗陀海峡，高悬一抹里斯本的圆
　月。

伦敦的人们，向往奥斯陆的星辰。

哥本哈根的书卷上，飘落赫尔辛基的雪。

莫斯科的郊外，传来维也纳的琴音，

布达佩斯的歌手，唱着时光更迭。

冰岛温泉的云雾，恍若遥远的故人，

柏林与华沙，一同枕着今夜。

我总把眼前摒弃，让思绪凝结，

幻想着你还未走远，花不曾凋谢。

—— 2019.12.24

注：好友于平安夜当晚因故被迫离校，从此分别。时值圣诞前夕，有感而作。

终章

刻画着容颜的憔悴，一抬手，或几许低眉。

牵动情节的波澜，昨宵万点星辉，深夜你还没睡。

从笔底清醒，不喜不悲，依旧是那个谁……

窗外的雾散，砚水蒙上了灰。

失去主角的故事，只能用悲伤烂尾。

—— 2019.12.25

注：曾以好友为主人公原型创作文本，岂料好友突然因故分别，文本故事就此烂尾，有感而作此篇。

迎

阑珊灯火，月光雾霭，我已归来。

今宵片刻等待，即是新章翻开，

转过身，这是期许的时代。

云霞山川庭斋，江河落日星海。

伫望楼台，暮光所及处，你与梦想仍在。

—— 2019.12.31

注：时值跨年当晚，我趁假期得以返回成都，喜悦之时

作此篇。

缄

梦里回忆着，所谓得失与取舍。

拿岁月来回一场，抱怨不值与坎坷。

再回首，还能用什么反驳。

总有些不解，是悲伤的疑惑，

分别后，答案叫作沉默。

—— 2020.1.2

戏

先开了口，话语如台词般生硬。

香烟半截燃尽，奈何，还未找到话题。

便开始承诺，构筑一片虚无，配上生动表情。

说总会有个归期，说总是迫不得已。

熟悉的，演绎着每一处细节，

陌生的，忘记了自己。

人生的帘幕掀起，如梦，入戏。

—— 2020.1.3

尘

拾起笔，蘸上浓重的墨。

画一卷，梦里梦外的故人，落日与星河。

酒精的沉醉里，贪念着不舍。在街角的路口，体会分合。

昨夜绚烂烟火，迟滞片刻，有些话语终究没说。

也许，这世间最大的难得，

你还未走远，我没有错过。

—— 2020.1.9

距离

山北的枯黄，等一场江南的细雨。

轻捻衣袍转身，从容触笔。

最不舍的压入心底，留不住的成为回忆。

追寻，停驻，决绝离去。

目光所及处，纷繁万里。

眼前，却是最遥远的盲区。

—— 2020.1.11

拟

有些遇见，总是难以形容。

恍惚间的一切，像曾望入的眼瞳。

千山暮雪后，未掩的行踪。

宛若灯火阑珊处，烟月的相逢。

所以无妨，即使回忆沉重，

记得来时似风，辞别如梦。

—— 2020.1.14

亲爱（赠外婆）

记得儿时，您抱着我，说我是希望与未来。

如今我靠着您，望着发丝已些许霜白，

岁月不变的神采，浸染年华的关怀。

看着我蹒跚步履，您总会笑口常开。

光阴渐增，我因学业而繁忙，但每次归来，您总是满眼期待。

人生几何，陪伴是最深情的告白。

能想到世间所有的美好，与您每一夜清风朗月，

看一季花落花开。

身处千里之外，将感情笔底深埋。

最不愿等待的等待，候鸟已辞别秋台。

梦里萦绕的身影，只为最亲爱的亲爱。

—— 2019.11.29

注：时值外婆生日前夕，由外地返回成都时有感所作。

承

走过车水马龙的街巷，踏遍千篇一律的长廊。

带着满身风霜，步入人海茫茫。

浸没晨曦的朝阳，梦入路灯的昏黄。

在深夜举杯，烂醉几场，才敢酒后真言，道出理想。

奈何世间所有的绽放，却没开出期许的模样。

—— 2019.11.13

归旅

去岁华年雪满楼，半卷珠帘识客舟。

君随梅花乘波去，梅花先君已白头。

—— 2020.1.17

注：时值假期伊始，由外地返回成都时所作。

遣怀

客舍青灯寒，惊觉辞梦久。

风景如去岁，人似当时否？

—— 2020.1.4

望檐外

帘外孤影雨清寒，客舍犹闻断弦筝。

梦里几许年华事，眸中故人已成尘。

薄衫更觉凄霜冷，满目河山倚谯门。

千里烟水濯墨色，南风过境涟秋痕。

—— 2019.11.20

续梦

昨宵盏影昨宵尽，今朝愁倦今朝眠。

清月不知人事改，孤灯残卷与断弦。

黄粱沉梦忘浮世，去岁光景化秋烟。

山北厚雪掩古道，江南词客醉阁前。

—— 2019.9.28

注：由于前日熬夜，此诗为次日清晨昏昏欲睡时所作。

偶书

醉饮星辰万霞虹，繁华未染逝秋风。

撑篙独舟孤寂行，过客红尘几相逢。

素帛过墨销旧颜，干戈刃裂铸新铜。

江山易改卿何虑？人生恍若一梦中。

—— 2018.10.28

临赠恩师

汝秉白丁塑三载，别时一言断来讯。

长抒翰墨赋词曲，授吾诗书绘丹青。

去留无意何处寻，江安河畔三尺冰。

犹忆初逢相识日，鄙人不忘师恩情。

—— 2018.6.10

注：时值初中毕业，临别时仓促所作，赠予曾经恩师。

谢安石

山水避世隐浮尘，箫音弹拨映林深。

三十年来闭门客，一朝出山定乾坤。

纶经玄谈雅儒度，手枚棋子殊功成。

淝水北岸万胡虏，不敌东山一闲人。

—— 2018.12.29

注：读《晋书》时有感于谢公宏略而作。

锦官有怀

浩荡苍穹暗，伤怀几微光。

烟渺月凄清，星辰映孤房。

魑魅多寂寥，独饮伴魍魉。

今宵复明日，再卸书生狂。

—— 2019.1.7

忆旧友

时载韶华已经年，残宵入梦恨难眠。

曾虑相逢终聚散，今夕孤灯彻夜悬。

烛火朦胧映往事，浊酒盏影泪目前。

纵使天涯皆寻遍，旧人不似旧时颜。

—— 2018.9.16

朝寒有感

寒露霜枝残影重，尘雾缭绕逝苍风。

书卷常侍何其佳，只恐凋却柳烟红。

方于宵暮觅朝晨，欲将抒怀才思穷。

愁染哀心更添虑，尽看江山与忧同。

—— 2019.2.20

夜吟

落红浮溪漫江河，残阳隐山销暮色。

遥闻笛音千里外，知晓世间离人多。

满酌一壶酬清月，诗文投崖祭苍波。

寒意应自醉中生，扁舟唯渡孤楚客。

—— 2019.2.27

暮思

残霞敛晖暮云生，常唤萦梦思归魂。

曾叹繁华昔年逝，独守雄州夜孤灯。

墨淡书尽终凋敝，断肠声里忆故人。

只缘身世仍是客，泪眼西望锦官城。

—— 2019.3.2

观史

丹青千载翰墨流，史册长传记千秋。

言辞唯录圣贤语，未载黎民百姓忧。

金玉拥聚宫阙前，一朝倾覆社稷休。

亭榭舞池今安在？遥望夕晖漫古丘。

—— 2019.3.7

注：读《北齐书》有感而作。

记应天故宫

旧垣荒景述愁哀，尘土千载旧亭台。

空对古碑残城壁，建康已非金銮斋。

人逝墨尽文未改，卷中风韵承百代。

钟山背倚薄暮日，扁舟泛酒醉秦淮。

—— 2019.8.28

注：书于南京建邺区，览南京明故宫遗址有感而作。

醉花阴·沉

　　锦袖歌弦舞庭阙，唐宋宫前夜。星火照南墙，春闺秋廊，珠帘窥嫔妾。　　梦入丹青烟与雪，眸中西风烈。合书对寒辰，吹罢孤灯，一身皆是月。

—— 2020.1.18

　　注：读书至深夜，望月有感而作。

清平乐·寐

旧幔尘幕，寄意秋廊北望。闲灯薄酒邀月赏，此夜落花入深巷。　　一笔墨色潇湘，两分烟柳画堂。欲枕琴箫何去？梦与星河漫长。

—— 2020.1.13

小重山·追忆

一盏残月与辰星，雨消云散，掌孤灯。落花秋水已无痕，流连处，孤城已三更。　　清风入宅门，吹散闲诗稿，旧笺文。曾言所谓世间人，醉梦里，辗转觅浮生。

—— 2020.1.9

踏莎行·遣怀

　　冷烟临窗，临窗烟冷。蒙云霜露雨清澄，梦里赋尽前朝诗，浓淡词句与谁赠？　　风满楼前，音书难闻。相逢一席斛光枕，卿本江湖逍遥客，我是风雪夜归人。

—— 2019.12.26

　　注：好友因故被迫离校，从此分别。深夜寒风吹袭，凝望窗外之景思念故人，因此而作。

临江仙·岁末

　　一卷烟水欲何愁，浓墨掩尽浮尘。梦里波澜载花灯，湖山疏影淡，清晖燕过痕。　　持酒微醺始作画，寥寥几笔情深。眸中莞尔似故人，常思相逢日，奈何多离分。

—— 2019.12.21

　　注：独在异乡，思念成都亲友而作。

浣溪沙 · 思归

错将花月与春题，故人故里故梦稀，一川清流月影虚。　　浮生盏前皆醉客，新悲旧绪今又起，遥指烟水话归期。

—— 2019.12.13

青玉案·陈词

　　寒波难抵相思处，唯添作，寄离绪。琼林墨色湛乔木，梅花愁倦，衰草残树，楼台似如故。　　无羡青山思薄暮，白鹤忘机斜阳立。一任风流催画笔，烟水缭缭，斯人如玉，江城入梦里。

—— 2019.12.9

鬓云松令·梦阑

倚疏窗，沉余韵。庭阶霜浓，寒烟清筻静。与风相酌浮月影，灯火梅花，依约纳兰令。　　忆重楼，帘屏映。梦里琴箫，瑶席今何逊？羽扇挥斥千山定，西山薄暮，枕上酒微醒。

—— 2019.12.1

念奴娇·长安

　　旧苑尘邸，沐霜风，闲听雨落檐下。月影平沙，银晖照，玉盏清酒煎茶。星火人间，情深何处，寄予相思意。微合折扇，为谁丹霞作画？　　一骑烟火明楼，余年相庆，轻点香烛幽螓。梦断关河，赴千里，锦袍黄昏快马。禅院青灯，道观秋水，教坊传玉笛。登临远望，孤城夜雪天涯。

—— 2019.12.14

　　注：读唐史遥想当年光景，恍然作此篇。

永遇乐·鸿雁

雾漫楼台，烟锁庭院，寒露清浅。孤舟江波，觅无人处，斟酒对云雨。寂景如故，月色入盏，一枕残灯书卷。提笔前，怅然回首，愁情寄予鸿雁。　　昨宵有客，轻捻阁帐，千里梦中相遇。何似归来，浮尘云霄，几回露华见。总是无奈，落墨深浸，浓醉半两思念。梅疏淡，枯枝门榭，又添新绪。

—— 2019.11.28

贺新郎·辗梦

残梦共谁说？望太白，风流酒肆，功名难舍。振翅归飞亭中雀，逆旅衣冠未解。辞离人，去岁堂下。春花秋叶临朱户，满闲志，寄怀予长夜。一二卷，也落寞。　　转弦奏与秋空别，遣情伤，暮色如故，落日星河。笙箫曲罢韶光老，尘土千秋万古。回首止，壑断山绝。当年不第青衫客，半生孤，一头江湖云雪。今宵笛，旧时月。

—— 2019.11.24

望海潮·横笛

寒凋花树，霜飘堂院，冬风吹彻秋筠。浅波凝眸，临烟横笛，残梦踏碎余音。晖月入南柯，照离弦旧谱，奏与辰星。卷章朝夕，青山素雪似曾经。　　暖炭温酒融冰，对轩阁雅榭，把盏微醺。离乱梦中，故人辞藻，总为浮沉功名。终是意难平，水墨描摹处，述与谁听？奈何明月，独留清晖照客行。

—— 2019.11.17

一剪梅·晓梦

　　倚云傍雨书笺文，误了情深，负了情深。提笔烟月与谁赠?
昨夜霜尘，今夜霜尘。　　愁饮离樽望纤云，千里故人，万里
故人。朝迎春风暮寒亭，眸里思卿，梦里思卿。

—— 2019.11.10

临江仙·小雪

    远山寒烟清冷，近水花树霜结。人间离合已日迟，应是风与月，欢颜梦中携。   闲吟词章半阕，笔底旧事重提。一袭露雨润长街。星辉玉如雪，入吾临江帖。

—— 2019.11.22

    注；时值小雪节气，有感而作。

唐多令·忆昔

　　流水逝清秋，冬霜缀寒楼。一载华年似梦愁，去岁离恨今又枕，知何处，旧游休。　　对月欲何求？衰叶春木朽。不妨醉卧酒入喉，辞行千里惊回首，韶华意，散空眸。

—— 2019.11.3

柳梢青·故

　　昏然欲眠，窗畔恍若，昨宵月圆。皓然长明，星光暗淡，流波清浅。　　枯叶风摧空阶，应如似，别酒盏前。料是重逢，故人故里，不识旧面。

—— 2019.10.28

踏莎行·闲愉

西风黄叶，秋波泛碧，且添寒衫共云雨。一壶淡茶倚薄暮，两卷闲书映晨曦。　　窗外烟尘，提笔诗意，无妨愁情皆欢绪。常悲今朝与明日，料是无端君多虑。

—— 2019.10.23

满庭芳·观雨

　　雾蒙秋云，章台新雨，拟卷临窗疏寒。举盏墨断，闲憩语清欢。纷扰今宵昨日，暗回眸，梦绕关山。西风恨，多少愁绪，吹不散眉弯？　　凭栏，曾长忆，辞呈离帖，形只影单。空叹得江流，孤帆泪含。薄名如何撰写？残弦上，如许颓然。难如故，年华转瞬，暮光已阑珊。

—— 2019.10.21

南柯子·月夜

昨夜寒雨尤未歇，来时匆匆，去时雾蒙。沿行露华巷陌，惊飞枝上秋鸿，暗影浮动。　　此梦知与谁同，忆弦歌春风，落花情重。朝晖难与月相逢，愁思量几何，故作从容。

——2019.10.27

蝶恋花·寒辞

沉吟西山话清晓，寒衫客袍，萧瑟难提笔。闲赋欢愉尽梦里，却将华年换晚照。　　秋风夜雨长安道，离多欢少，江山恨昭迢。吾笑云崖应寂寥，千秋朱颜改旧貌。

—— 2019.10.25

六州歌头·怀古

　　寒尘暗淡，旧阙化闲庭。醉杯盏，释权柄，持汴京，殿前营。犹记两宋时，南疆定，止诸君，修文墨，燕幽地，尚未平。武略难出，文臣逐功名，党项常侵。望狼烟北境，金玉换安宁。弓残剑朽，虏徽钦。　　憾岳武穆，韩忠武，江山恨，终难平。郾城外，淮水滨，英雄志，风波亭。回想范文正，王荆文，余壮心。黄河畔，垒土处，已碑林。曾有诗篇提笔，"知音少，弦断有谁听"？读感慨至此，误几许烟云，负了丹青。

—— 2019.10.24

　　注：读《宋史》有感而作此篇。

八声甘州·柳郎

知斜风细雨落楼台，愁怀一卷抒。与云烟同醉，携皓月归时，遥处江湖。梦阑秋鸿离绪，清欢盏中浮。饮罢从此逝，不忘归途。　　卧听箫弦夜曲，露凝青瓦，岁月荣枯。望斛光雾霭，回首尽虚无。词赋出，才高几许，堪玉璋卷帘总不如。终生误，汴河如故，淮左孤独。

—— 2019.10.19

沁园春·秋

　　暮色归帆，江映残天，浮光绵延。望簌簌秋黄，杳杳虚惘，去岁墨笔，竟也关联。盏中青云，蒙尘柳色，风流未曾负人间。旧亭柏，待霜冬去后，再迎春烟。　　曾羡蓬莱东瀛，似何等，纵快意繁喧。而今梦醒矣，醒时已晚，挥毫潦倒，孤馆断弦。抱卷唏嘘，愁怀难释，浸笔墨色染池渊。吾何恨，有河川身后，江山眼前。

—— 2019.10.18

行香子·闲题

　　残照书章，薄暮柳荫。知人悯，抱恨而行。海内迁客，应识弦音。知冬夜景，秋夜月，昨夜卿。　　沐尽江河，长辞千里。漫年华，何人共语？卷中犹记，案侧燃薰。望一章帆，一章雨，一章亭。

—— 2019.10.15

木兰花慢·追忆

　　秋月临窗冷，闻夜雨，落谯门。庭院满银霜，今宵光景，昨夜星辰。词中情，皆入盏，恨世间芳华欲繁纷。犹记当年辞暮，柳郎衣衫泪痕。　　清欢，自将浊酒斟，愁肠祭书文。思庐畔雪晴，苍山未老，江波黄昏。锦官音讯来者，竟暗含丝缕旧温存。梦里拄杖挑灯，只为相逢故人。

—— 2019.10.13

念奴娇·八月廿六

　　阁窗细雨，枝垂露，晨曦映树凝碧。院底花阴，漫芳草，应似昨宵烟云。多少迁客，一生浮尘，苦楚难将忆。对酒谈欢，欲问此乐何及？　　最是丹青无情，功过往事，史官已提笔。朱颜寥落，望希冀，天涯相离万里。月阑风清，故人无影，挥泪《金缕曲》。霭时眸昏，听取当年风笛。

—— 2019.9.24

永遇乐·八月廿三

薄暮长辞，对月相望，星辉叠垒。远泛秋波，近凋碧树，
鹧鸪啼故里。堪寻几处？清水入盏，更添落寞憔悴。灯火前，
凄然顾影，回首故人心碎。　　醒时荒唐，梦里惆怅，欲别今
宵辞去。孤伫荒台，怀尽江海，衣袂已垂泪。悲感之外，余皆
是命，沦落应许一醉。将墨蘸，凉风此夜，亦合心绪。

—— 2019.9.21

贺新郎·释卷感怀

掩卷思虑中，望千秋，丹青依旧，尘事朦胧。关河旧景销唐宋，燕云弓弦如梦。欲赴醉江波月影，拂衫袖挥斥长空。料也觉，人间风流尽，西蜀客，跨江东。　　勒马燕然功名重，望长安，曾忆几许，古来英雄。冯唐易老时未遇，遗恨李广难封。志难酬，南疆北漠。玉关长歌一梦中，待暮年，人已逝恢宏，酌酒日，谁与共？

—— 2019.9.17

千秋岁引·中秋

蒙云雾巅，夕阳向晚，一任风催烟雨落。山南山北飘零夜，明月照尽天涯客。墨痕淡，清歌浅，征衫薄。　　奈何已非人事故，奈何平浪多波折。怎堪弦音尽悲切。谁言少时鸿鹄志，尽消磨年华更迭。想从前，昏聩时，无所得。

—— 2019.9.14

八声甘州·与曹卿饯别

难忘与卿相识二月雪，春风润朗月。书词章相属，才堪宋玉，墨洒千叠。久未赏卿词赋，半晌胜长夜。最是人间离恨，今与卿别。　　孤赴寒楼空阶，颤手难挥毫，秋风竟烈。忆往昔泪眼，几度曾相携。唯叹惋，流年可贵，总是一季繁华终凋谢。伤情处，今宵无眠，故人长绝。

—— 2019.11.24

注：好友因故被迫离校，从此分别。万般不舍，匆促之下临赠此篇。

江宁曲·庆湖

寒雨落空阶，风卷絮柳残，望檐上清晖燕婉，穿襟袍夜露沾。清风吹彻已无眠，孤烛畔，读一卷前朝旧江山。曾梦月色入河洛，难知贺卿谓何憾？　　打马入江南，醉秦淮几悲欢。泛舟楫浪涌潮漫，焚一炉烟紫檀。故人已成天涯客，迁延裹征衫。斜阳翩帆，冠冕换酒千坛。欲止年华，却道依然。

—— 2019.9.15

锦官引·遣怀

　　昨宵影清月明，梦孤客，异乡游。迎风知寒，料已屈指中秋。千里外，故园难望，空挥尘衫袖。踌躇意似稽卿，曲终时，人烟逝散，不堪回首。　　劝君莫斟酒，一盏西楼，一盏离愁。泪眼欲归锦官处，只余夜色入眸。燕声残，云雨凄楚，怅平生，思虑多忧。素帛皱，笔底辛酸，词章泛流。

—— 2019.9.11

木兰花慢·建邺

清晖映林晚，秦淮畔，烟柳繁。风吹金陵夜，客自巴蜀，雨落东南。琉璃阙，瓦前尘，望云月几度旧江山。南朝故垒已千年，丹青尽作闲谈。　　迁延，天堑亦难安，紫金本龙磐。惜半壁一隅，社稷皆休，空余金簪。欲问王谢何处？道沧海桑田正凄然。叹罢黄昏沉燕，笙歌曲奏萧寒。

—— 2019.8.27

注：书于南京市建邺区，览秦淮风光恍忆南朝烟水光景，有感而作。

蝶恋花·遣怀

闲欢凭栏烟水碧，寂寞江流，涟漪悲凉意。玉笛声动残夜雨，潇淑柳絮飘满径。　　最是人间愁滋味，举盏推杯，朱颜付一醉。鬓缕染尘秋霜垒，凉月银晖融清泪。

—— 2019.8.6

临江仙·记淮阴侯

关陇十万烽火，临津暗渡黄河。胯下耻恨未消磨，背水结营垒，垓下奏楚歌。　　自恃多多益善，谈笑运筹帷幄。未央宫寒月半盏，生死两妇人，成败一萧何。

—— 2019.7.11

注：读《汉书·淮阴侯传》有感而作。

玉蝴蝶·追忆

观止月隐雾散，思绪潇潇，袖余暗香。暮光颓唐，弗似才尽江郎。画卷新，杨柳欲婉，清流浅，凋敝棣棠。寄凝霜，闲情几处？缕缕仓皇。　　思量。辞藻荟萃，愁赋寒夜，数盏残光。烟柳画桥，难料年华竟沧桑。虑孤鸿，风波不定，望世间，恨意绵长。敛惆怅，凄风苦雨，饮罢悲凉。

—— 2019.6.4

水调歌头·琼华

　　翰墨何时尽，华灯误穷年。书罢愁然落魄，提笔赏虚闲。曾泛孤舟江海，今朝阁畔灯前。夕晖耀楼檐，一目观千文，胜阅十万卷。　　故人逝，昔年远，枕恨眠。夜半钟鼓，寒笛凋杜鹃。过客红尘袅袅，恍忆残梦如烟。满目旧时颜，万树银花落，一朵缀眉间。

—— 2019.5.28

定风波·晚春

　　春渐晚，碧树枝俏，朝露烟雨朦胧。人间四月，恰是良辰，锦绣贯霞虹。醉鼓乐，听晨钟。宴饮三巡犹半醒，尽盅。斜卧倚床榻，遥指苍穹。　　词章诵咏。观千古，文墨皆恢宏。怎奈何？今人流连婉转，落魄倦愁容。畅怀忆，泪眸中。茶凉苦涩自知寒，情重？生前身后，梦一场空。

—— 2019.4.26

临江仙·醉书

描摹书章绘韵黛，画卷笔搁墨台。醉赏词曲任逍遥，院生新柳绿，庐畔霜月白。　　闲欢清虚浮云外，疏狂尽隐愁哀。谯门听雨怅昔怀，此世无所意，唯负平生才。

—— 2019.5.19

望海潮·锦官

西岭寒雪，两江萦流，千古锦官城阙。旧阁香榭，蜀绸绘彩，雾隐廊坊玉阶。芙蓉缀原野，晚潮携星辰，风花雪月。市井繁喧，华灯生辉，几时歇？　　日暖襟袍轻解，忆子云亭台，风韵书写。茶郁溢景，花落阡陌，赏尽笙箫鼓乐。何必待佳节？及时行乐也，应赴函帖。且将金玉换酒，孤身醉长夜。

—— 2019.5.2

木兰花·觞怀

青蔓细藤展轩窗，醉柳举樽邀廊坊。何至尽兴如此态？年华衰鬓已如霜。　　世间自是多凄苦，一生繁荣化悲凉。千秋终复堙寒灰，唯觉今朝入梦长。

—— 2019.4.13

少年游·忆昔

莺啼萦纡，拂袖青云，墨章倚檀熏。扁舟泛流，逝水余音，闲蛰旧山林。　　愁未已，难忘曾经。霜月映庐亭，笺著薄景，作别昔年，舍失故时心。

——2019.4.7

小重山·偶书

霞辉敛云蔽榆荫，微波荡春汛，漫江滨。近来韫幄已初暖，日恒定，剥减厚衣襟。　　艳阳乱繁影，笔底犹寒霜，砚凝冰。孤身泼墨融长夜，人皆醉，此间吾独醒。

—— 2019.3.29

暮春辞

　　雾霭禁锁谧波纹。人已憔悴，落花已深春。执笔数载赋旧
景，绘尽朝晖与黄昏。　　　平生流离伴浮沉。年华将朽，辞章
满泪痕。抬眼尽是萧凉处，愁楚伤情映孤灯。

—— 2019.3.22

烟
｜
火
｜
集

清平乐·深梦

阁畔吹笙，烟雨已繁纷。襟袍常侍续红尘，两鬓秋月徒增。

仗剑独行百川，江湖夜雨孤魂。世道萧索迷惘，刃鞘弹定乾坤。

—— 2019.3.19

闲辞·怀刘伶

笛幽山林，竹炭檀熏。付之高山流水，奏以残弦古琴。望苍茫世事，何处觅知音？空无人言，不知所云。　　悲歌庙堂，遍稽诗经。恰若江流万里，苦短功名难寻。览宦海沉浮，无意再焚心。泛泛之辈，诗酒伴行。

—— 2019.3.12

满庭芳·夜思

　　枝蔓萧条，柳映霞辰。波撼旧景潮生，抬杯且饮，离恨散乾坤。几许霜薄素雪，且长驻，梦华似春。殿阁处，烛火千盏，拂袖灭孤灯。　　愁焚，值寒露，泪湿罗幕，撩拨弦筝。闲乘月，佳期如隔世重闻。今朝辞别作罢，衣衫处，良宵几人？怅怀夜，长空望断，锦袍拥余温。

—— 2019.3.5

锦官辞

　　西川都会，梁益州首府。本是故园所在。度蜀道千尺，天府画图开。丙申半载辞别去，日夜叹惋，旧院楼台。日影疏，江风迎泪，须发尽白。　　杜公秉笔，辞章中尽显文才。横笛望月明，阁畔暖风，心头徘徊。府南河水清波，流光阴，两鬓将衰。武侯祠外柳，只待故人来。

—— 2019.2.27

一剪梅·感怀

　　长锁重恨终昼晴，平添志趣，携众同行。微暖竟引惆怅至，闲著薄词，举盏品茗。　　柔波泛碧绕孤亭，心怀易表，知己难寻。虽未相逢欲相知，世道如海，人似浮萍。

—— 2019.2.24

临江仙 · 辞岁

  暮寒彻骨归何处，踌躇已至今朝。琼浆对饮度良宵，灯昏敬浊影，鼓乐伴笙箫。 怅忆往昔终别离，垂泪尽白发梢。惊觉梦醒隔晨昏，杯盏皆落寞，却将年华凋。

            —— 2018.11.31

浪淘沙·梦怀

　　帐外烟袅袅，愁雾萦绕。浪涌似载故人归，堤岸静无闲舟到。空泛江涛。　　春风入廊桥，尽将魂销。新酿不足旧浆浓，残枝断木自成景。明月花朝。

—— 2018.11.19

苏幕遮·画

濡缕墨，浸朱砂。草木生情，长樽饮烟霞。清风暖日映苔痕，影光消瘦，素帛绘千花。　　前路漫，几困乏。览尽书卷，提笔畅天涯。昨宵枕梦今犹记，梦里多忧，早生华发。

—— 2018.11.4

鹧鸪天·别辞

辞别锦官赴殊途，手余墨香断丝竹。青山不改人依旧，郁垂昼暮忆蜀都。更思虑，愁旧庐，一夜寒雨梦江湖。踱步回首伴长月，只将碧茶就诗书。

—— 2018.10.25

念奴娇·贺己寿辰

　　流云逝水，销春秋光景，漫度冬夏。希冀浮光缀高崖，回首光阴如画。悲欢如梦，思量几何，书词聊解乏。且乐佳期，繁愁散尽浓茶。　　难忘万卷章里，朝晖夕暗，帛文枕旧蜡。孤月辰寰倚阑干，归心唯托寒鸦。诸宾皆至，举樽欢宴，抬首望烟霞。无求至尊，此生但许芳华。

—— 2019.7.16

　　注：书于生日晚宴前夕。

天仙子·思归

　　故园应春花如许，笙箫舞宴付梦里。怎堪寒鸦怅然啼，数归燕，锦官庭。樽前论道自闲逸。　　空廊抚弦金缕曲，浮华锦玉销寒雨，人已萧凉日落西，荒烟弥，皆陈迹。长风吹不散愁绪。

—— 2019.5.19

青玉案·赋少游

纤云浮絮琐台耀，朱雀道，烟尘燎。一曲断肠枕寒宵，泪垂融墨，颤手挥毫，薄词意难表。　　几许功名堪年少？半世唯惜杯盏老。醉颜秋月白鬓梢，书卷浮生，明霞清晓，终负了才貌。

—— 2019.9.29

八声甘州·江城

寒临窗，遥思黄鹤楼，残月影沉江。怀晴川阁里，崔颢提笔，汉水梦长。弦音高山流水，琴台千载苍茫。太白醉举盏，千古华章。　　不似秋水平浪，道世间总是，悲喜沧桑。正隆冬时节，逢三尺冰霜。待春风，吹彻江上，共相扶，同心携八方。行舟处，客自巴蜀，船抵荆襄。

——2020.1.26

注：时值新冠肺炎在武汉高发传播，作此诗以表心绪，同时祝福武汉，相信九省通衢能够坚挺。

94

御街行·忆昔

初闻不解曲中意，思量尽，寒无寐。人间浮沉一梦中，烟冷梦沉功利。岁岁今宵，尘寰似卷，无人共相语。　　秋风夜雨星光碎，谁堪饮，愁滋味。犹记昔年辞别日，曾言他乡再会。不堪往事，故人知己，竟是相别去。

—— 2020.1.3

素明扇

亭台阁畔，朱颜染，映景入碧潭。

卷帘倚窗，苑落花，薄衣扶阑干。

卿似皓月浮霜，一缕浸墨纤尘却不染。

朱红雕篆，玉容镀，倾城世绝叹。

轻摇明扇，烛影断，只将侧颜观。

弗若卿执红尘，华灯初展燃一炷香檀。

静水月待波澜，吾待卿蔚然。

疏影漫漫浮乱，泪眼已阑珊。

如锦绣画卷彩绘昨夜的江山，愿此生年华予卿一半。

长桥隔春风暖，有卿的婉转。

凝眸间舞袖衫，眼中映星繁。

似流云蕴情织绮素明扇，卿回首依然。

—— 2019.9.26

注：阅《旧唐书·玄宗本纪》有感于玄宗与杨玉环之爱情，

于是提笔闲书此篇。

郗别

金陵客店，对酌月，先入眠。

掀青楼帘，听鼓乐，赏舞宴。

泛舟煮酒，盈罗袖，垂钓江面。

随性赌注，稍负万贯银钱。

江陵赋闲，枕畔人，逝昨天。

寒鸦舍边，人萧凉，凋杜鹃。

抚弹古琴，奏予卿，崩断旧弦。

恍忆韶华，道今鹧鸪怨言。

踏霜雪笑意浅，长别已经年。

卿依稀在眼前，霞辉沐容颜。

曾今相逢，故道红尘策马间，几许灯火残夜映悬。

握卿手写诗篇，抬腕情词填。

旧庭院花枝艳，卿身影浮现。

如今离别，过客风流尽如烟，琼浆醉饮伴卿缠绵。

江山年华易改，唯念卿未变。

梦相逢一如愿，泪痕湿信笺。

此生知晓，光阴与卿两难全，离恨也罢，遥处落寞人间。

—— 2019.10.23

注：阅《晋书·王献之传》有感于王献之与郗道茂之故事，于是提笔闲书此篇。

元夕

碗端着，芝麻些许，汤圆几个。

遥想，七百年前余杭，

繁华夜空灯火，商旅来往错落。

霎时回眸间，烟花如雨片刻。

匆匆行客，皆入稼轩笔下，浸染淡墨。

转瞬，岁月一梦南柯。

秦汉的星辰，远眺唐宋的月色。

清风静静诉说，

说年年今夜，人间值得。

—— 2020.2.8

烟－火－集

停

触及模糊的月，一盘散乱的星。

敬一杯黎明，和身后的倒影。

翻覆的事，忘却的梦，

没有终点的旅行。

低矮的人间，一幅壮阔的风景。

我错过，错过整整一个曾经。

—— 2020.2.17

外人

营造气氛，缓解一种刻意。

亲疏总是未经风雨。

所谓血缘，谈及关系，考验不起。

买份高额的保险，担保变质的日期。

令我惊讶不已，你的本能反应。

—— 2020.2.24

浪淘沙令·清明

纸笺淡墨穿，笔下锦官。故梦昔年烟火缠，欲寄相思与愁月，未有回函。　　千里映星河，烛灭灯阑。此夜人间已无欢，春风雨落静何处？一眼青山。

—— 2020.4.4

夜半

梦里没有尽头，黑夜偶尔停摆。

重逢不意味重来。

于回忆中沉沦，

又或许，在黎明前离开。

清醒本就如此，

判断意料之中，活在意料之外。

—— 2020.4.7

八声甘州·闲居

谈笑中，昨夜映星台，抬手拟可摘。忆客乡冷帐，夕阳老叟，江月愁哀。今朝无须悲染，把酒欲抒怀。芳春尘未老，锦城花开。

梦里梅烟疏淡，若浣花溪处，草堂书斋。望碧树清河，岸阶生绿苔。记流年，亭苍翠绕，墨香浓，何曾似归来。灯火散，欲对烟柳，画尽繁衰。

—— 2020.3.5

乌夜啼·锦城夜

昨夜深梦里，烟火几许临窗。欲知寒春千山外，漂泊未归郎。

熬尽人间风雪，平生不会文章。说尽流年疏与淡，碧落映夕阳。

—— 2020.3.20

鹧鸪天 · 苏烈

遥指西山落日间，长安深梦玉关前。堂外夜雪三千里，一盏清晖五十年。　　频举盏，已忘言。将军两鬓已尘烟。丹青何曾记风貌？当时明月今又悬。

—— 2020.3.25

蔽

面朝繁华，黑夜显得无辜。

在睁眼之前，宁肯相信一片荒芜。

便假如，故事剧情对赌。

真相大白时，人们终于发觉，

黑暗最忠诚的仆从，却是光明的信徒。

—— 2020.8.21

止

孤独者，不会渲染孤独，

伪装者，不必过分凭证。

一切在挣扎中，已是难舍难分。

行走在深巷，夜雨淋湿青灯。

月光清醒，人间昏沉。

—— 2020.4.13

玉楼春·陈墨

　　暮霭残阳淡清江，流云入盏浮客舟。凭栏绘意欲何之，闲观空山新雨后。　　平添酒色眉目上，壶浆梦里几多愁。一夜银烛落庭间，明月无计下西楼。

—— 2020.4.16

星期八

隔岸灯火璀璨，遥远望去，

算是陌生的欢喜。

试着创作文章。笔下，如何写起？

所谓长篇大论，沉默算作标题。

我是悲伤的开篇，你是离别的序曲。

—— 2020.4.18

临江仙·隐

春山落日天涯远，天涯梦里身前。黄昏行客已纷纷，夜宴欲举盏，茶肆话清闲。　　书中描摹何处事？江湖醉逸人间。沉塘山林风尘染，一舟顺秋水，一卷落梅篇。

—— 2020.4.19

麻木

点亮一抹微火，夜空冷清，嘈杂四周。

明月与星辰，如抖落的烟灰，炽热烫手。

在乱风里沉寂，对山川而举杯。

流浪的诗人，喝过最苦的酒。

奢望的没来，仅存的要走。

—— 2020.4.21

小重山·寒更

　　总愁雾月蔽辰星，风吹雨浮乱，正如今。狂墨恣意洒帘屏，望孤雁，残踪断灯明。　　人生亦如棋，似刘伶醉酒、若兰亭。浓淡心绪何堪言？举盏后，功过论生平。

—— 2020.4.22

混迹

这冷风的夜里，飘散着卑微与无知。

我尽力展现着虚伪，逢迎作态，

小心翼翼地，斟酌着用词。

于是你得寸进尺，

于是连月光都习惯了，这刻薄的文字。

—— 2020.4.25

踏莎行·遣怀

江北清风，山南微雨。夜行露浓衣沾泥。月华正照寒舍间，青衫公子身如玉。　　随性落子，浮世如棋。且乐且欢醉平生，星河大梦忽觉醒，人间自此知别离。

—— 2020.4.26

黄昏

彼时，在某个夏日，谁匆匆来迟？

游历在人间，手持孤独的凭证。

风和雨里，将灯火，无数次离分。

年少时，别遇上太惊艳的人。

容易一眼沉沦，便误了终身。

—— 2020.4.27

惊觉

独酌虚影宴诸宾，幽灯冷酒江海平。

鸿业不堪醉醒后，遗恨诉与山鬼听。

—— 2020.4.28

还好吧

岁月，不像是笔划算的生意。

将万物都折旧，不包退，不换新。

但偶尔，想来如此有幸，

写首闲趣的诗歌，挥洒在夜里。

我点一根蜡烛，就当作是天明。

—— 2020.4.29

阮郎归·锦城夜

纵意墨色醉虚谈，残月挂纱帘。一笔孤星画屏添，暖风催客眠。　　闲棋落，点微灯，千里正清澄。始是风尘落台檐，梦里似身前。

—— 2020.5.4

若

似突如其来的风雪，顷刻固彻山泽。

使云烟落寞，星辰失色。

置身于危机中，口罩里的脸庞，

病毒的侵袭，从来不分你我。

于灾难中相逢，唯有共渡劫波。

相信你深蓝的眼眸中，会留下我来过的身影。

集装箱内的物资上，异域的祝福铭刻。

肩上同担着风雨，无法把谁割舍。

地球的两端，不同的言语，将打破隔阂。

届时严冬后，月色如旧，人间如歌。

—— 2020.5.4

嘘

梦里总是激荡，夜空中飘浮。

不明所以的开口，

总不如，知根知底的糊涂。

莫名相遇，久别孤独。

会从哪里开始，又顷刻间结束。

—— 2020.5.5

踏莎行·忆昔

东海鳞浪，西山来者。闲波眼底尽星河。笔走丹青一卷诗，画廊古今尘巷陌。　　记取芳春，此岁无回。远景欲与何人说？总忆流年旧事起，从前故人方知我。

—— 2020.5.6

干枯

焰火将夜空装点，两情相悦。

给人间，一场意外的表演。

入目，如此这般。

其实，所谓一个月时间，

便是一天，重复了三十遍。

—— 2020.5.7

若

深海打捞晚星，

船桨拨开雾云。

重新重来，不知重逢。

如风如月，恰似如今。

—— 2020.5.8

清平乐·庚子四月

鹤立微雨，青空澄明。所谓行客天涯远，少年鞍马流云。　醉卧古道巷陌，闲赏长安乐音。俚语不堪辞藻，杯中即是生平。

—— 2020.5.8

守候

我知道你今天会来，

便一改了往日的沉默。

就连昨夜的星辰，都瞧着格外可爱。

所以收起了无奈世事的面孔，

扫尽眸中的阴霾。

知道生命中有个人，就应该被温柔以待。

—— 2020.5.10

暗示

目光比月光更低垂。

大海遥远，深夜昂贵。

我不善寻找，难以一觅即中。

于是天空暗示着，

流星的方位。

—— 2020.5.11

行香子·小集

凉茶微斟，风入虚门。持折扇，睡意愈醇。无妨落叶，且随黄昏。梦一夜醉，一夜雨，一夜深。　　青山如黛，江湖残卷，逢殊才，剑气长痕。久别失意，客馆幽灯。写今年词，十年恨，去年人。

—— 2020.5.12

远

总把一切陌生，都看作似曾归来。

夕阳退回瀚海，

相片重新染上了尘埃。

我挥手打发走，时光的信差。

在这时，忘记我们第一次对白。

—— 2020.5.13

菩萨蛮·自遣

世间往来漂泊客，经营利禄满江湖。十年历虚无，一封岁荣枯。　　清者寒窑里，俗辈年华误。正偏居草庐，欲待价而沽。

—— 2020.5.14

刚刚好

阳光免费，情感清晰。

好在世界未老，好在正是黎明。

好在恰是遇见，而你刚好年轻。

霓虹街口转角，车窗凝结雾气。

我将以太阳为轴，在人间寻你的轨迹。

—— 2020.5.15

清平乐·闲吟

落日林染，独倚黄昏后。归燕离亭重相叙，暖风橙黄绿柚。

千里灯昏信笺，一船星河雾柔。梦里知花落，明月上西楼。

—— 2020.5.15

红利

看天际的涨势从容。

便拿孤单买入夜色的股票，

融入此刻星空。

而明晚的月光，将如期奉送，

微雨和清风，都算作分红……

——2020.5.17

二十五点半

点燃很久很久的香烟，

读泛黄的小说，情节似乎如此遥远。

说岁月不止许多年，

止于落雪灯前，

只是你我之间。

—— 2020.5.17

另类

没有无意的别去，

以及，不必存在的到来。

在人间的角落相拥，俗世之外告白。

一颗流星的离开，

理想之中，理论之外。

—— 2020.5.18

择

五月的晚风，将四月的惆怅敷衍。

然后再写一封短信，寄给六月。

告诉他人海茫茫，

披上一层，虚情假意的内敛。

以及没有必要的情节，请删减。

—— 2020.5.19

写残章序

旧物已去，神往足矣。

斯人已远，何憾归期。

—— 2020.5.20

南柯子·廿五

　　繁卷无意赏，薄暮云影虚。尘篇如玉洛城笛，箫音扬州水墨，东山棋。　　暖风浮江月，闲逸灯酒题。醉客梦谈东南矶，相逢落日千里，星河稀。

—— 2020.5.21

七点半

不善于勤奋，所以另辟蹊径，

患得患失的世人，还是沾染了赌。

这支涨势最好的 A 股，

貌似一本万利，却要拿情感买入。

跌至冰点的价格，用孤独售出。

—— 2020.4.20

满庭芳·庚子三月

　　帘上斜晖，晴光偏照，春莺早登楼檐。落映章卷，白笺尚未填。且看书生持笔，已良久，思虑万千。纱窗外，心绪已远，落日无边。　　断弦，昔年处，所谓何者，风月云烟。记回眸一瞥，青丝眉间。曾是寄寓山海，功名后，世难两全。南柯里，千金易散，难买再少年。

—— 2020.4.22

明说

在无人处，还原面孔，

与廉价者，恣意奉送。

在黎明前夕，混迹日久，百鬼夜行。

相交甚欢，人间与鬼本质相同。

文字清白，我袒露着贫穷。

不止囊中羞涩，以及思想平庸。

—— 2020.5.21

十点一刻

释然总在一瞬之间，若古刹的青灯。

候过晚来的风，迎过夜行的人。

十年人间，是一杯久等的茶。

身未出家，灵魂已披上了袈裟。

江海眼前，伸手却远在天涯。

—— 2020.5.22

点绛唇·寄怀

日暮门庭，料理风月成章句。孤鸿窃语，渔火连江起。　　相思在卿，相望在河汉。音书淡，青空知意，一盏梨花雨。

—— 2020.5.22

觅

窗上流过的水渍，

就当是可触及的星辰。

不停地翻找文案，

只是在寻一个，替你讲故事的人。

—— 2020.5.23

周记

浪里泛舟，颓然自折双桨。

夜色趋于浓郁，相隔千里的倒影，

所感沧桑，孤芳自赏。

从前作文时，总不让写负能量，

这让我篇篇是谎。

—— 2020.5.24

采桑子·凭栏

春山浮影残星晓，画笔清寒。雾月相逢，故梦流云续闲欢。

淡茶慢煮烟水汽，小楼香檀。公子举盏，所求平生止心安。

—— 2020.5.24

十六度

故事的提笔，便过分斟酌，

是否，可曾，奈何。

于是仅仅三分背影，就值得我去言说。

一个人的雨里，没有访客。

安静到月光和灯火，都是灰色。

—— 2020.5.25

青玉案·愠词

　　遥挥星云成一卷，笔落画，青蓝靛。水墨相识东风面，楼台小榭，歌沉乐浅，亭阙东南雁。　　落花与君纷沓至，与君秋水落花捻。满目残灯千万点，饮酒无盏，开弦无箭，清谈无冠冕。

—— 2020.5.26

抛开

日历翻篇，眼角疲惫更重。

知无不言的灵魂，此刻惜字如金。

遥远的挥手，姑且算作相逢。

徘徊着，朝繁华的街口聚拢。

十二点的钟声，敲醒众生的梦。

—— 2020.5.26

四楼

不觉间天黑，才恍惚中睡醒。

点支香烟，尝试与星辰对话，

继而闪烁其词，在人间，装聋作哑。

能够如何？或者怎样？

先活着，其他的再想办法。

—— 2020.5.27

旁观

不必刻意描摹，人间随处是文案。

偶然瞧见的情侣，相拥热吻。

不知名的来信，宣告离散。

说着，有你的才算是夜晚，

你不在了，只能叫天黑，雾月星残。

—— 2020.5.28

玉楼春 · 遣怀

　　长篇曾言去岁雪，笔中饱经尘世墨。黄昏楼景若晚秋，繁愁自扰似庸者。　　南柯梦华趁灯火，灯下残书空相诩。一章江湖休恨远，此夜人间无二客。

—— 2020.5.30

逡巡

待所有必然，都如同意外。

在心里点一盏灯。

静候山前，或已回归人海。

等一个人最好的时间，是十年前。

其次是现在。

—— 2020.5.30

小说

窗台微冷，书本翻了页。

试图把情绪清算。

细节晦涩，文风霎时扭转。

章节将晨曦，都渲染作夜晚。

孤独的人，连眼眸里都是遗憾。

—— 2020.6.1

渔家傲·酉时

汴河稽卿风雅淡，叔同府宴正举盏。 续品次第来者，云亭客，悲欢一曲桃花扇。 且以长剑拟作画，始是孤峰青天碧。万里朔风入宅邸，止书案，三分东南烟水汽。

—— 2020.6.2

混杂

墨痕沉重，总在漫无声处，浸透宣纸。

刻画斑驳纹路，旧火烧起新瓷。

难免落俗，谁渴求浪漫至死。

我走入一场雨里，

尝试着撑伞，却早已被淋湿。

—— 2020.6.3

定风波·庚子

斜阳微煦柳枝垂，凉茶酥饼汝瓷杯。清江薄暮待酒醒，续饮，梦里花落知几回。　　一夜灯火千秋岁，浓淡，繁华流落故纸堆。西苑闲鹤犹去远，旧客，南山故人归未归。

—— 2020.6.4

缄

言辞温润，举止守礼。

可怕的是，安静地望着窗外。

心中却酝酿了一场暴雨。

沉默，算是种最痛的情绪。

没有开口，没有表达的意义。

—— 2020.6.5

六月

走过，月色淹没的长街。

读完，遗憾具体的章节。

这世界除了愿意，

更多还是妥协。

—— 2020.6.5

忆江南·啖

与风影，共点江湖灯。空山暮鼓梦醒后，小碟糯糕伴果橙，微冷梨花羹。

——2020.6.6

破阵子·怀古

　　长橹千里幽蓟，紫宸明灯檀炉。流云不谙外州客，曲江残月盏中浮。北府至吴都。　　殿前三分琐事，身后一卷江湖。听闻春山不知雪，玉门秋霜满画图。梦题枕上书。

—— 2020.6.8

谈及

即使感受过千万次，

但依旧，摸不清痛苦的全貌。

现实作为庄家，从来如此，赢多输少。

庸俗招手，开出更大的筹码，

于是，我把梦想输掉。

—— 2020.6.10

遥赠曹卿

忽如关河一夜雪，若同迁客赴潇湘。

从此烟月入秋廊，故人不问短与长。

—— 2020.6.11

临江仙·忖

言说河山四时，信手执棋三枚。闲挑灯烛画落晖，如浅描青黛，拟丹霞素眉。　　从来风云际会，唯余幽管横吹。问何事成一书简？似星辰涵水，若远客得归。

—— 2020.6.11

待

晚潮的风，吹入散落的时区。

为淋过的雨，都拟写一个标题。

此刻，算是黄昏的末尾。

月还未升起，留给思念的时机。

错不在演绎，错在出场的顺序。

—— 2020.6.12

少年游·廿二

粗茶弥淡，举盏微抿，烛火欲逡巡。正闲览处，数行而止，悉往者生平。　　别无书信，云雨一程，潦倒醉王京。尘钟茂台，寒星胧月，知吾不知卿。

—— 2020.6.13

无

有门府紧掩，有折扇微开。

有青灯庙宇，有烟火令人释怀。

有人相逢，有人黄昏看海。

有灯塔望不尽风帆，

有归来，有星辰与月色告白。

—— 2020.6.14

浣溪沙 · 欲眠

闲亭沽酒敬青山，半杯天涯知何许，半杯故园已逢春。

画屏犹存前客句，一言未醒梦中人，一言道尽世间尘。

—— 2020.6.15

耽搁

就好像远方不远，刚刚收到了回信。

街头路口，

无一不是月，无一是你。

期待的日子，是遥遥无期。

听过最多的话题，叫多说无益。

—— 2020.6.16

清平乐·初晨

倚卧堂案，小楼东风倦。浓云不知月何许，推窗烟雨庭院。

所思遥隔山海，新茶斟取清闲。拂袖大梦初醒，弃笔枕书

欲眠。

—— 2020.6.17

感冒

扶着滑落的镜架，

等热水烧开，便泡一杯感冒冲剂。

落日成尘，指不定彼时，正在想你。

于是，随手抹了副标题。

吞没了黄昏后，留下星辰的伏笔。

—— 2020.6.18

鹧鸪天 · 遣辞

欲画斜晖尽青山，欲行诗酒醉萧台。夫登楼而望百川，入江海即入吾怀。　　梦溪园，宝晋斋。十年虚门几曾开，此夜月色如不弃，愿揽星河入梦来。

—— 2020.6.19

故事

把烟草揉进书纸，

划出火柴，半页烧成的灰烬。

在沉默中，塑造一个原型。

不含隐喻，单纯虚拟。

本是无意之词，但你别有用心。

—— 2020.6.20

太常引·赠家君

　　一纸牵情月华长，陈墨夜横江。望眉目渐老，似发髯，一点青霜。　　眉间心上，依稀万里，袭年少锋芒。舒怀愁时酒，闲饮茶，淡处无妨。

—— 2020.6.21

择

谈不出什么结果，

即使如此，也已和星辰交涉了几年。

月光无事，便自顾自地照耀人间。

许多时候，我只有两种结局可选。

第一是必然，第二是弃权。

—— 2020.6.22

诉衷情令·蓦

画屏水墨浓转淡，珠帘挑江帆。书生望断云中鹤，灯火入归船。　　此中意，无黄老，亦无禅。月华轻蘸，似溪非溪，似山非山。

—— 2020.6.23

南歌子·端午

　　锦城清风染，远山碧凝眸。两寸艾叶烟水楼，一碟咸蛋流心，赤豆粥。　　斟碗雄黄酒，瓷盏蕴千秋。蜜饯腌肉糯米稠，半晌只余竹叶，粽香留。

—— 2020.6.25

婪

或许离谱，有两样东西只能独享。

喧闹后的清醒，与三本藏书。

风吹不落星辰，

只是吹灭了远山的灯烛。

深夜未眠，源于对月色的贪图。

—— 2020.6.27

菩萨蛮·临书

　　小阁轩窗知明月，银晖只逊眉梢雪。点床榻微灯，随烟火梦斜。　　思十年万事，若长空此夜。道世间无二，只人心有别。

—— 2020.6.28

慵

黄昏试图，僻静处结尾，

却目睹，月光从云烟里下坠。

想熨烫回忆，便事先，将夜空平铺。

梦醒带有几分唐突，趁灯火虚无。

或许，我已开始落俗。

—— 2020.6.30

唯

夜空犹然澄明，黄昏依稀平庸。

最好的坦露，

也许，是不曾相逢。

开口言语生硬，总朝现实靠拢。

生而俗人，喜欢金钱与感动。

—— 2020.7.1

临江仙·无题

　　指畔烟波连碧落，青空斜幕低沉。倚窗薄帘隐黄昏，淡茶亦堪饮，杯中尚余温。　　江湖全仗诗酒染，风流尽入此门。日月更比故人远，抬首见日月，眸中无故人。

七点

眉目间，往来逡巡。

待无名的酒后，醉里乘舟。

不如意间，泡一壶好茶，斜倚窗畔。

烟霞随景，落黄昏入眸。

感受日与夜的过渡，尽显无限温柔。

—— 2020.7.3

掩

是浓墨重彩间，陌生的平淡。

是深思熟虑后，仍辗转反侧难眠。

是所望不及处，月满瀚海山关。

是在我梦里，出现了三次的身影。

是许多年后，依然叫作遗憾。

—— 2020.7.4

行香子·小笺

词章易求，功利难得。囊羞涩，无计钱帛。非五柳志，羡王邸奢。乃一俗客，一酒盏，一亭桌。　　阅清风卷，幽灯微敛，叹空言，饮世间浊。所欲之景，月与星河。所遣来者，遣金玉，遣南柯。

—— 2020.7.5

鹧鸪天·薄暮

频将烟水染墨添，画廊浮影楼台前。吾与清风两相厌，君自江湖兴无边。　　停杯半，羹微咸，始觉寒星入琼帘。人间忽晚月北岭，锦城明灯已三千。

—— 2020.7.6

祝好

将日月和星辰，

兑出理想的味道。

黑白墨迹，已勾勒海阔山遥。

愿你合上笔盖的那一刻，

有着武士收刀入鞘般的骄傲。

—— 2020.7.6

烟－火－集

蝶恋花·辰时

云雨不谙旧痕帖。欲拟琼华，灯火银河泻。谁料长安不归客，玉关楼头三分月。　　君与天涯终成憾。星辰晦涩，望极意难解。须知姑苏入夜前，曾逢人间第一雪。

—— 2020.7.8

相识

到底琢磨不透，

或许，孤独也是个浪漫的诗人。

深爱着字句，甚至符号间的停顿。

说烟火过后，炉灶阴冷。

山川千里，你我各有黄昏。

—— 2020.7.9

虞美人·听雨

　　昔年烟水湿罗袖，江灯渔火庹。去岁逢月入西川，锦袍清寒，瀚海满山关。　　如今闲庭风雨落，眸含秋霜矣。星光画楼枕书眠，人间梦醒，薄酒置窗前。

—— 2020.7.10

观

且写三首诗、作两幅画，候一个人。

似眼波流转，随灯火忽近忽远。

就如同，今夜星辰万点，

无暇顾及的人间。

我没说过想你，却满篇涂抹思念。

—— 2020.7.11

察觉

月光漫无目的，

于是在城内、城外徘徊。

眼中顾此失彼，留下天空的倒影。

海岛灯火通明，山间烟月冷峻。

久别重逢，你专注的样子，庸俗且深情。

—— 2020.7.11

浪淘沙令 · 承前序

与书赴闲谈，皆语功名。华章不谙风与云，画中不谙尘与雾，谙世人心。　　安至东瀛，谓山河清。胜绝春夏江波平，纵随秋烟吹作雪，不过碎银。

—— 2020.7.13

十五日晚

尝试，字句起伏调整。

磨合融洽，触及眸底余温。

便如同今晚，明月照料着星辰。

跳过初识的环节，

直接一往情深。

—— 2020.7.15

清平乐·生辰

帘外灯晚，停杯离盏后。昔年风尘落袍底，寒烟随雨入袖。

夜读故人书笺，再负年华登楼。 星云日月偕往，金玉才名同收。

—— 2020.7.16

注：生日当晚所写。

扰

入夜片刻读了本书。

心不在书，却异常入迷。

开篇流利，且内容点题，

而题目中便一直想你。

末尾落款，还一味从头说起。

—— 2020.7.18

小重山·遣怀

昨夜衣衫露华浓。风吹书稿散，月明中。梦断画笔意未平，将悲欢，清水蘸惊鸿。　　人间误几重。错负昔年客，错相逢。莫道烟雨久寒凉，问何人，不在烟雨中？

—— 2020.7.20

望

灯火精湛，人海里将某处孤立。

在风中遥相一望，试着旧事重提。

谁又让谁清醒？

若雪积窗前，或楼台的雨。

就如同风停了，风又起……

—— 2020.7.23

十九日

几段陈述，被吞没的余音。

不知名的风云，觇觎不知远近。

信上文字落寞，

此刻，将黄昏按下暂停。

不清醒，本身就是一件浪漫的事情。

—— 2020.8.19

点绛唇·无题

　　清箫沉鼓,灯市前尘倚明灭。行客秋冬,两襟润山雪。　　雾雨初歇,有星兼有酒?夜如许,星芒未解,无风也无月。

—— 2020.8.23

适

画是关山以南，却遍历北岭。

调配色晕，暮天一片低沉。

撇开构想后，单纯把月色澄清。

千山入夜，灯火忽明，

想你是三分星轨七分云。

—— 2020.8.12

尽

年岁过早权衡，杯口的风险。

季节，开往城市边缘。

烟火如何留得住，预演的沉默。

思绪在月夜里落选，

直白着，我不便开口的好多年。

——2020.10.4

得之

揣摩先生的笔法，文章价高。

天空潦倒，晚霞四散奔逃，

明目张胆的偏爱，是月色最后的温柔。

星辰不知我喜好，

于是面面俱到。

——2020.9.19

致

书卷温柔，黄昏专注。

对眷顾的字符，侃侃而谈。

侧目的光晕中，将眉眼承担。

我一瞬的回忆里，

曾两次先后与你有关。

——2020.9.15

烟火等待着黑夜,

风筝依偎着线,

爱到最美是陪伴。